Noviazgo

David Castañeda

Noviazgo

Copyright © 2023 Alonso David Castañeda Vázquez. Todos los derechos reservados.

Reservados todos los derechos. Salvo excepción prevista por la ley, no se permite la reproducción total o parcial de esta obra, ni su incorporación a un sistema informático, ni su transmisión en cualquier forma o por cualquier medio (electrónico, mecánico, fotocopia, grabación u otros) sin autorización previa y por escrito de los titulares del copyright. La infracción de dichos derechos conlleva sanciones legales y puede constituir un delito contra la propiedad intelectual.

ISBN: 9798851300172

A menos que se exprese lo contrario, todas las citas bíblicas de esta publicación han sido tomadas de la Reina-Valera 1960. Utilizado con permiso.

Noviazgo

David Castañeda

Dedicatoria

A mi bella esposa, Ana Karen Villazón.
Dueña de mi corazón y la mujer de mi juventud.
Mi alegría y mi eterna bendición.

Agradecimientos

Agradezco primeramente a Dios Padre, Dios hijo y Dios Espíritu Santo por la dicha de permitirme escribir este material, sin su intervención divina sería imposible que hubiera salido a la luz.

También quiero agradecer a mi bella esposa Ana Karen por siempre apoyarme en este llamado de escribir del cual no soy digno pero por la gracia de Dios fui llamado a ello. Eternamente vivo enamorado de ti, mi corazón.

Agradezco a mis pastores y suegros, el Dr. Servando y Karime Villazón, por su apoyo incondicional y por creer en el llamado que Dios me ha dado. Los amo y honro, siempre estaré en deuda con ustedes.

También quiero agradecer a mis padres Álvaro y Bárbara Castañeda por su guía, educación y apoyo incondicional. Mi madre es la culpable de convertirme en un lector constante y ahora Dios me ha llevado a escribir, pero todo esto comenzó en casa. Los amo profundamente.

Índice

Capítulo 1 - ¿Cómo saber quién es la persona correcta? / 11

Capítulo 2 - Propósito del noviazgo / 23

Capítulo 3 - 12 Cosas que debes saber del noviazgo / 27

Capítulo 4 - Edad recomendada para comenzar un noviazgo / 35

Capítulo 5 - 7 Cosas importantes que debes saber de los besos / 39

Capítulo 6 - Hablemos un poco de sexo / 47

Capítulo 7 - El noviazgo debe ser formal / 51

Capítulo 8 - 11 Razones por las que el noviazgo debe ser formal y no un juego / 55

Capítulo 9 - ¿Dónde debes conocer a tu media naranja? / 61

Capítulo 10 - Sirvan a Dios / 63

Capítulo 11 - ¿Cómo salir de la zona de amistad con dignidad? / 69

Capítulo 12 - Prepárate para la persona correcta / 81

Capítulo 13 - 8 Consejos extras para el noviazgo / 85

Capítulo 1
¿*Cómo saber quién es la persona correcta?*

Decidimos comenzar este libro de Noviazgo con este capítulo pues sabemos que es una gran interrogante para muchos. Nuestro deseo es ayudar a cada joven a conocer más respecto al noviazgo y puedan tener éxito en él. Queremos ser muy prácticos en esta enseñanza, de tal forma que se pueda aplicar y entender a la perfección.

Mi esposa Karen y yo, hemos enseñado multitud de veces las cinco directrices que te ayudarán a conocer si una persona es la indicada para ti y tu para esa persona. No son leyes inquebrantables, más bien son un camino a seguir que te ayudará a dar un paso importante, como lo es el noviazgo, con el menor riesgo posible. Son cinco directrices que al seguirlas te estarás protegiendo de cometer un error al comenzar una relación con la persona equivocada. Son cinco áreas dignas de considerar antes de tomar la importante decisión del noviazgo.

Porque con ingenio harás la guerra,
Y en la multitud de consejeros está la victoria.
Proverbios 24:6

La Biblia nos enseña que en la multitud de consejeros esta la victoria. Es sabio escuchar a las personas con más camino recorrido que el nuestro, es sabio prestar oídos a los sabios, es sabio prestar oídos a la gente que nos ama y busca nuestro bien.

Creemos que las cinco áreas que vamos a presentar a continuación deben estar alineadas. Si una de ellas, tan sólo una de ellas no estuviera alineada a las demás, es cuestión de meditar y considerar que hay una posibilidad grande de que esa persona no sea la correcta. Estas son las 5 directrices a seguir, de las cuales platicaremos y explicaremos a profundidad cada una de ellas:

1). La persona correcta te debe gustar.
2). Tu voz interior te debe dar testimonio.
3). La aprobación y bendición de tus padres es muy importante.
4). La aprobación y bendición de tus pastores (líderes espirituales) es muy importante.
5). La aprobación de la gente (el pueblo) que te rodea y te ama es digna de considerar.

La persona correcta te debe gustar

Hay un tipo de compromiso y matrimonio del que quizá muchos hemos escuchado, donde en la antigüedad, en algunas regiones y/o estratos sociales, eran los padres quienes escogían los esposos y esposas de sus hijos e hijas aun cuando ellos eran pequeños. No importaba mucho si los futuros cónyuges estaban de acuerdo o no, el matrimonio se arreglaba por las familias (los padres) buscando un beneficio mutuo, creyendo, era lo mejor para sus hijos y su futuro. Pero imagínate que la persona con la cual tu padre te arregló el matrimonio no te gustara físicamente, que fuera de feo parecer y le oliera terrible la boca. Esto realmente sería una tremenda desgracia. O aún peor, que sea alguien de feo parecer, de feo olor y todavía con un pésimo carácter. ¡Doble desgracia!

Creemos que la persona correcta para ti es una persona que te va a gustar, va a ser agradable a tus ojos y a tu corazón.

Nadie te puede obligar a andar con alguien que no es de tu agrado. La persona correcta para ti debe ser alguien con quien tú te sientas cómodo(a) física y relacionalmente. Hay personas muy guapas, pero con las cuales no se puede tener una relación por su pésimo carácter. Simplemente no se hace click con ellos. Sin embargo, hay personas que no son modelos de revista, pero la relación con esas personas es extraordinaria. Creemos que lo mejor es que la persona correcta para ti te sea agradable a la vista y te sea agradable al corazón.

Este es un punto importante y es el primer punto a evaluar. Si en este primer punto, la persona que estas considerando como futuro novio o novia no lo cubre, no hay por qué seguir con los demás puntos. ¡Ni siquiera lo pienses un segundo más! Di un rotundo: NO.

Tu voz interior te debe dar testimonio

Este punto es muy importante. Aquí entra tu relación con Dios. Nuestra voz interior es esa voz en nuestro espíritu que nos dice lo que no vemos a simple vista, ni sabemos, pero es real. Es la voz de Dios hablándonos en nuestro interior.

Muchas veces cuando conoces a alguien, esta persona puede aparentar mucha amabilidad y gracia, pero en su interior tiene malas intenciones. Son cosas que no se pueden ver a simple vista, son cosas que no conocemos, pero son reales. Aquí es donde Dios entra en escena y nos guía. Por ello es de suma importancia tener una relación con Dios. Es de suma importancia llevar delante de Dios en oración este tema de relaciones. Cuando oramos a Dios pidiendo dirección Él nos guiará correctamente. Una de las formas en que Dios nos guía es a través de nuestra voz interior. Esta voz es Dios hablándonos. Debemos ser muy sinceros con lo que sentimos o estamos escuchando de Dios en el interior, pues pudiera ser que una persona te guste mucho físicamente y aparente ser la mejor persona del mundo, pero si la voz interior dice NO, debemos obedecer diciendo no a esa relación.

Cuando tenemos una relación constante con Dios será mucho más fácil escucharle en nuestro interior. Te animo a tener esa relación diaria con Dios en oración y con la lectura de la Biblia. Será tu gran aliado y de ahí vendrán tus grandes bendiciones.

Hemos visto infinidad de veces como un joven o una chica comienza a asistir a la iglesia sólo para conseguirse a la persona que es cristiana. Y le promete que se hará cristiano(a) y cambiará lo que sea necesario por él o ella. Muchos hasta se llegan a bautizar y parece que realmente Dios está obrando en ellos. Pero ya cuando tienen a la persona segura o se llegan a casar, sale la realidad y muchas veces es terrible y desastrosa. Por ello es importante escuchar la voz interior. Aunque una persona aparente algo, tu voz interior, la voz del Espíritu dentro de ti, te hará saber si ésa es la persona correcta o no.

Déjate guiar por Dios y obedece la voz interior. Aunque esté muy guapo ese joven o muy hermosa esa chica, si tu voz interior dice NO, debemos obedecer y decirle NO a esa relación.

Por otro lado, en otro escenario, pudiera ser que quizá, la persona que te corteja o te gusta no es una persona mala, pero no es la persona indicada para tu vida, quizá sea alguna persona que es buena y con un futuro prometedor, pero tu voz interior te dirá si es para ti o no. Debes escuchar esa voz interior pues esa voz será Dios guiándote a tu bendición.

El Espíritu mismo da testimonio a nuestro espíritu, de que somos hijos de Dios. Romanos 8:16

La bendición y la aprobación de tus padres es muy importante

Nuestros padres, son nuestra autoridad directa aquí en la tierra. Su bendición para nuestra vida y relación es de suma importancia. Es por ello que debemos escuchar su voz.

Antes de andar o iniciar una relación de noviazgo con una persona, debemos buscar la opinión favorable de nuestros padres ante tal situación. Andar con alguien sin que nuestros padres lo conozcan o a escondidas, no tendrá la bendición de nuestra familia. El tener o no la bendición familiar de nuestros padres muchas veces es lo que hace la diferencia entre el éxito o el fracaso en una relación. La bendición familiar de los padres tiene un gran peso sobre los hijos.

Nosotros recomendamos no iniciar una relación con una persona que los padres no aprueban. Creemos la bendición familiar es sumamente importante.

Nuestros padres, de forma natural, son las personas que desean nuestro bien y nuestra bendición. Escuchar su consejo en cuestión de la pareja a elegir es sabiduría.

Le añadimos a esto la experiencia que ellos han adquirido, las vivencias y los testimonios que han visto en la gente de su alrededor, más el amor que nos tienen, eso los llevará a aprobar o no a una persona para tu vida. Sé sabio y busca el consejo de los más grandes para que puedas obtener la victoria en tu vida.

En mi relación con Karen, desde el principio, tuvimos ambos la aprobación de nuestras madres. Mi suegra le dijo a mi esposa cuando éramos jovencitos que se fijara en el jovencito sonriente de cabello rizado, ése era yo. Y en mi caso, mi mamá, desde que yo tengo memoria ella me decía: "Yo ya soñé a la que va a ser tu esposa, tiene los ojos almendrados". Siempre que de niño me gustaba una niña mi mamá la veía y decía: "Ella no es". Y me repetía: "Yo ya soñé a la que será tu esposa, tiene los ojos almendrados y esa niña no es la que yo soñé". La verdad, nunca le di mucha importancia a esas palabras, pero cuando un día Karen llegó y me saludó, siendo en ese tiempo mi amiga, ahí estaba mi mamá y se la presenté. Cuando llegamos a la casa, mi mamá me dijo: "Esa jovencita que te saludó es la que yo soñé. Tiene sus ojos almendrados". Para mí fue un: "¡Wow! o sea ¿Era real lo que me decías desde niño?" Ahí yo sentí la aprobación de mi mamá. Lo demás ya es historia. Ahora, en este momento, tenemos ya 9 años de casados, dos hijos y vivimos felices sirviendo juntos a Dios.

Quisiera agregar algo más en este apartado. Recuerdo que antes de proponerle a Karen que fuera mi novia cuando éramos jóvenes, hablé con sus papás, los cuales ahora son mis suegros. Los cité en un café y dije algo parecido a esto: "Muchas gracias por venir. Lo valoro mucho. El motivo de verlos es que quisiera comenzar a cortejar a Karen y pedirle que sea mi novia, pero antes de hacerlo deseo su aprobación". Mi suegro me miró y me dijo: "Gracias por hacer esto, muchos no lo hubieran hecho, pero tú así eres y está bien". Después me habló de las reglas a seguir en horarios para llegar a la casa y algunas normativas más... las cuales yo acepté contento y buscamos, Karen y yo, respetar siempre en todo nuestro noviazgo.

Con todo esto que te platico hoy, anhelo puedas ver la importancia de la bendición familiar de los padres para tu relación. No inicies una relación con una persona que tus padres no aprueban para ti. Si lo haces y te aferras a alguien que tu familia no aprueba, podría terminar todo en dolor para tu vida. La opinión de tus padres es muy importante. Valórala y escúchala con suma atención.

La bendición y la aprobación de tus pastores (líderes espirituales) es muy importante

Los pastores y líderes espirituales en una comunidad e iglesia son personas con algunas características muy particulares las cuales haríamos muy bien en contemplar y valorar a la hora de tomar una decisión como lo es el noviazgo. Vamos a ver algunas de estas características que pueden serte de mucho provecho, bendición y guía al tomarlas en cuenta.

Los pastores por tener una relación con Dios continua y por su función en el reino, Dios les da un discernimiento sobrenatural.

El discernimiento es conocer los espíritus que operan en las personas o en las situaciones que se están viviendo. Este don dado por Dios a ellos puede ser de bendición a tu vida si pides su consejo a tiempo.

Otro punto importante es que los pastores conocen a todas o a la mayoría de las personas de la congregación y comunidad. Pueden llegar a conocer muchas cosas secretas que la mayoría de los miembros no conocen. Ellos saben cuándo una oveja está pasando por un proceso, quizá de restauración o de alguna otra índole, donde iniciar una relación podría ser perjudicial para ambas personas de la relación.

El pastorado involucra también paternidad espiritual. Es decir, se ama a los miembros de la iglesia y comunidad como la familia espiritual que son. Esto involucra dos puntos importantes: Un pastor puede saber, si Dios se lo revela, el propósito de una persona. Y como padre y/o madre espiritual, podría aconsejarte sabiamente quién podrá ayudarte a cumplir ese propósito. Porque así es, una relación puede llevarte a cumplir el propósito de Dios o puede llevarte a abortarlo. En lo natural, mis hijos de sangre tienen un propósito dado por Dios, nacieron con un propósito, el cual mi oración es que se cumpla. Parte de velar por el propósito de ellos es velar por quienes van a ser sus cónyuges cuando llegue el tiempo correcto. Estos deben ser personas con un propósito similar que los lleven a crecer y alcanzar lo máximo de Dios para ellos. Karen y yo oramos por quienes van a ser los cónyuges de nuestros hijos desde que nuestros pequeños nacieron. Declaramos que ellos escogerán correctamente y alcanzarán el propósito por el cual nacieron. Sabemos que cuando llegue la persona correcta lo sabremos en el espíritu. Dios nos dará testimonio de ello y así les podremos dar nuestra bendición. Y esto nos lleva al último punto que quiero hablar en este apartado, la bendición pastoral.

La bendición de tus pastores en tu relación es de suma importancia. Es tan importante la bendición de un ministro que te conoce y aprecia, tan significativo es que en las bodas una de las partes más trascendentes es la bendición de un ministro que los declara marido y mujer y les desata una oración de bendición. Busca siempre la bendición y aprobación de tus pastores antes de iniciar una relación de noviazgo.

Quiero aclarar algo importante antes de continuar. Un pastor o un líder no te pueden decir con quién casarte y con quién no, pero te pueden guiar, aconsejar y sugerir lo que ellos crean y sientan de parte de Dios que puede ser lo mejor para tu vida. Es de sabios escuchar el consejo y valorarlo. Un pastor no se dedica a hacer parejitas, es decir, no te dirá con quién debes casarte, pero si buscas su consejo, buscarán aconsejarte de la mejor manera.

Recuerdo la temporada cuando le iba a pedir a Karen ser mi novia, estábamos muy jóvenes, primero hablé con los papás de Karen y después con quién era nuestro pastor en aquel tiempo, él me dio su bendición y aprobación. Lo mismo hizo Karen por su cuenta, se acercó a él platicándole, ambos tuvimos su aprobación y bendición. Es algo maravilloso saber que las personas importantes en tu vida aprueban un noviazgo antes de que comience. Cuando Dios está en el asunto no debemos temer pues todo se alineará de acuerdo con el propósito de Dios para nuestras vidas.

La aprobación de la gente (el pueblo) que te rodea y te ama es digna de considerar.

Este punto, aunque es el último, no es menos importante. Podría llegar a ser el punto que marque la diferencia en una decisión de noviazgo. Claro está, que no vamos a estar preguntándole a la gente que les parece nuestra relación, sin embargo, cuando dos personas están comenzando a quedar en una relación las personas de alrededor se dan cuenta. Es fácil ver *cuando un arroz se está cociendo*. Ahí en ese momento, debes escuchar las voces de la gente que te ama que está a tu alrededor, quizá no son una autoridad tuya, pero es gente que te conoce y te ama en cierto grado. Algunos dirán frases como: "¡Qué lindos se ven, se ven muy bonitos juntos!". Esas frases son una aprobación a la relación. El pueblo que te ama está validando la relación. Pero también puede suceder lo contrario. Cuando las personas que te aman y/o conocen comienzan a ver que estas quedando con alguien, podría ser, que ellos, de alguna manera conozcan a la otra persona y sepan cosas que tú no sabes de ella. Ahí ellos podrían aconsejarte: "Ten cuidado, ve más despacio en esa relación, conócelo(a) mejor". Estos comentarios son los importantes de escuchar. O quizá no te lo dicen a ti directamente, pero puede que se lo digan a tus papás, les pueden decir algo así como: "Dígale a su hijo(a) que tenga cuidado con ese(a) jovencito(a)". Como lo dije antes, las personas que nos rodean pueden conocer a muchas personas, dentro de ellas, la persona con la cual andamos buscando iniciar un noviazgo y pueden tener información importante para nosotros que nos puede ser de mucha ayuda y bendición.

Una vez una joven quería iniciar una relación de noviazgo con un muchacho, cuando una amiga de su mamá se dio cuenta, le dijo a la mamá de la jovencita: "Ese muchacho vive por casa de mi hermano y tiene muchas novias. No dejes a tu hija que ande con él". Ejemplos de estos hay muchos de los cuales nos podemos servir. Recordemos que en la multitud de consejeros esta la victoria. Escuchemos lo que otra gente cercana tiene que decir de esa relación que estamos por comenzar. Escucha a esas personas que aman a tu familia y/o que te aprecian a ti. Un consejo de alguien que te tiene envidia y no te quiere no es digno de escuchar porque te puede llevar a la desgracia. Pero el consejo de la gente bien intencionada, la cual tiene cierto aprecio por ti o por tu familia, escúchalos si es que tienen algo que decir.

Porque con ingenio harás la guerra,
Y en la multitud de consejeros está la victoria.
Proverbios 24:6

Donde no hay dirección sabia, caerá el pueblo;
Más en la multitud de consejeros hay seguridad.
Proverbios 11:14

Estos 5 parámetros te darán seguridad al dar ese paso tan importante. No son infalibles, ni son leyes, pero son guías que te protegerán y te llevarán a tener un éxito más seguro en una relación de noviazgo. Síguelas, verás victoria y bendición para ti.

Capítulo 2
Propósito del noviazgo

> *Y creó Dios al hombre a su imagen, a imagen de Dios lo creó; varón y hembra los creó. Y los bendijo Dios, y les dijo: Fructificad y multiplicaos; llenad la tierra, y sojuzgadla, y señoread en los peces del mar, en las aves de los cielos, y en todas las bestias que se mueven sobre la tierra.*
> *Génesis 1:27-28*

En estos versos de la Biblia vemos cómo Dios creó, unió y bendijo la unidad entre el hombre y la mujer para cumplir un propósito.

La temporada de noviazgo tiene un propósito el cual es el matrimonio. Cuando una relación de dos personas culmina en matrimonio, Dios les bendice para que juntos como pareja puedan alcanzar su propósito en Dios.

Hay un propósito en el noviazgo y éste es llegar al matrimonio. Este es el fin del noviazgo, el matrimonio. No es el sexo, ni los besos, ni sentir bonito. El propósito y fin es que sean uno para que así puedan alcanzar su propósito, agradar a Dios y bendecir a muchas vidas.

Dios nos ha dado un propósito el cual debemos cumplir, solos no podremos hacerlo, pero con nuestra otra mitad sí.

Es por ello que debes tener mucho cuidado al tomar la decisión de escoger pareja pues juntos deberán caminar al propósito de Dios para sus vidas. Si llegas a casarte con una persona que no cree ni ama a Dios seguramente podrías llegar a perder tu propósito e incluso podrías desviarte. No puedes casarte con alguien a quien no le interesa agradar a Dios. Uno de los requisitos que debes tener en tu lista para la pareja ideal es que ésta ame más a Dios que a ti. Eso te asegurará que anhelará agradar al Señor y así juntos vivirán como cordón de tres dobleces buscando el propósito del cielo para sus vidas.

Depende de Dios para escoger a tu pareja, ora por él o ella según sea tu caso, antes de conocerlo(a) y aun conociéndolo(a) y sé obediente a Dios antes que a tus gustos y hormonas.

La antesala del matrimonio

El noviazgo que no piensa en que la relación culmine en matrimonio, es pecado. Recuerdo cuando pedí permiso a mi pastor para ser novio de quien ahora es mi esposa, él volteó a verme y una de las varias cosas que dijo fue: "¿Es para casarse?".

El propósito del noviazgo es conocerse porque te gustaría casarte con esa persona. Si llegaran a romper y no se casan, esto no significa fracaso, el propósito se cumplió, se conocieron y llegaron a la conclusión que no podían ni querían vivir juntos. Pero al comenzar el noviazgo la mentalidad es: "Me quiero casar con esa persona".

Estar de novios por los besos, abrazos, llamadas, mensajitos románticos y palabras lindas, sin la intención de casarse con esa persona en un futuro, es estar jugando con alguien o que estén jugando contigo y eso a Dios no le agrada. Es pecado.

A ningún padre le gustaría que alguien ande de novio(a) con su hijo(a), besándose y abrazándose por años sin la intención de algo serio. Tu o tu pareja podrían perder la oportunidad de conocer a la persona correcta. Si no quieres comprometerte deja de robarle el tiempo y las oportunidades que tu pareja puede vivir por no andar contigo. No permitas que nadie consuma tu tiempo y te robe las grandes oportunidades que pueden venir a tu vida por andar de noviazgo con la persona incorrecta. Si a ningún padre de familia le gustaría que alguien ande de noviazgo con su hijo(a) sin tomarle en serio y sin pensar un compromiso real en un futuro, debes saber que a Dios tampoco le gusta que estes de noviazgo con un(a) hijo(a) suyo(a) sólo para pasar el rato y divertirte unos meses. Dios como padre se levantará y protegerá a sus hijos si tus intenciones son incorrectas. Debemos entender algo importante: A los hijos y a las hijas de Dios se les respeta.

Capítulo 3
12 cosas que debes saber del noviazgo

1. ¿Qué es el noviazgo?

El noviazgo es una relación entre dos personas la cual se da antes de casarse. Es el tiempo previo al matrimonio.

2. Debes saber del noviazgo que tiene el fin de conocer mejor a la otra persona para llegar a casarse con ella en el tiempo correcto o decidir mejor no hacerlo.

Debes conocer bien a la persona con la cual estas considerando compartir tu vida y futuro. ¿Qué tal si tiene mal aliento? ¿Qué tal si tiene mal carácter? Quizá puedas descubrir que es muy egoísta y sólo piensa en sí mismo(a). Tal vez te encuentres con la sorpresa que ya estaba casado(a) anteriormente o que no le gusta trabajar. ¿Qué pasaría si esa chica no sabe ni tiene la intención de aprender a cocinar? ¿Ya conoces a su familia? También será tu familia cuándo se casen. ¿Ya viste cómo trata a sus padres? La manera en que trata a sus padres seguramente será la manera en que te tratará a ti o muy similar.

Date el tiempo de conocer bien a la persona con la cual tienes planeado unir tu vida para siempre.

3. Debes saber del noviazgo que tiene como fin el matrimonio y el matrimonio tiene como fin agradar a Dios cumpliendo su propósito en la tierra.

4. Debes saber que en el noviazgo se muestra la mejor cara.

Debes saber que en el noviazgo toda persona muestra su mejor cara, su mejor versión de sí misma. Si mostrando la mejor versión de sí mismos hay cosas que no toleras o que no son correctas, las cuales nunca cambian, aunque se haya hablado ya al respecto, es de considerarse el seguir con esa relación.

5. Debes saber que el noviazgo te espantará prospectos(as).

Muchas personas se aceleran a tener una relación de noviazgo. Si hay algunos buenos prospectos a su alrededor estos se desalentarán cuando te vean de novio(a) con alguien más. Es por ello que debes buscar andar con la persona correcta. Si andas con la persona correcta no importará si otros prospectos se desalientan. Pero ¿Qué pasaría si te adelantas al noviazgo con alguien que no era para ti y aquella persona correcta se desalienta al verte iniciar una relación con alguien más?

Aunque lo vamos a ver más adelante, esta es una razón por la cual no recomendamos tener una relación de noviazgo a jóvenes menores de 18 años. A esa edad lo más recomendable es tener amistades, muchas, sí, muchas amistades. Sólo amistades. De lo contrario, si a tan corta edad ya tienes una relación de noviazgo, esto espantará a muchos(as) buenos(as) y quizá mejores prospectos. Estarás marcado o marcada como "el novio de… o la novia de tal persona…" y no se te podrán acercar personas nuevas que puedas conocer.

6. Debes saber que el noviazgo te consumirá tiempo.

Como toda relación en la tierra, el noviazgo requiere de tiempo para que la relación crezca, se fortalezca y fructifique. Si eres una persona muy ocupada en tus estudios no entres a una relación de noviazgo aún, espera un poco más. Debes saber que entrar a una relación de noviazgo implica inversión de tiempo. Debes estar dispuesto a ello antes de comenzar una relación.

Un ejemplo claro son los jóvenes que estudian medicina. Ellos no tienen mucho tiempo para salir a pasear, hablar por teléfono horas cada día y mensajear a cada ratito. Algunos han logrado mantener una relación en medio del ajetreo de la escuela, pero otros no están dispuestos a salir a pasear cuando saben que deben estar estudiando para su próximo examen.

7. Debes saber que el noviazgo te consumirá dinero.

Toda relación de noviazgo necesita algo de dinero para desarrollarse. Quieras o no esto es cierto y es importante. ¿Quién paga la cuenta del cine? ¿Quién paga la cuenta de la cena romántica? Si no tienes presupuesto para comprar un helado o pagar el café cuando van a salir a pasear aún no estás listo para comenzar a tener un noviazgo.

8. Debes saber que en el noviazgo serás tentado a amar más a tu pareja que a Dios.

Cuando entras en una relación de noviazgo serás tentado a amar más a esa persona que a Dios. Nunca caigas en esta tentación. Siempre debes mantener tu amor por Dios en primer lugar.

¿Cómo sabes que estás amando más a tu novio(a) que a Dios?

- Cuando comienzas a hablar y a hacer cosas con él o ella que a Dios no le agradan.
- Cuando pasas más tiempo con tu novio(a) que con Dios.
- Cuando Dios pasa a segundo término en tu vida.
- Cuando lo primero y lo último que piensas en el día es en tu novio(a) y no te acuerdas de Dios.
- Cuando comienzas a desobedecer las reglas de tu casa y familia por estar con tu pareja y/o por agradarle.
- Cuando dejas de orar.
- Cuando te alejas de la iglesia.
- Cuando dejas de servir a Dios por pasar tiempo con tu novio(a).

9. Debes saber que en el noviazgo serás tentado a fallarle a Dios.

En una relación de noviazgo hay proximidad y cercanía física. En medio de los besos y abrazos serás tentado a subir la pasión en tus caricias. Cuídate de no fallarle a Dios pecando con tu pareja. Mantente puro y santo. Mantengan un noviazgo en santidad y de ejemplo para los demás.

Es en el noviazgo cuando más debes amar a Dios y más debes consagrarte a Él para que tengas victoria ante toda tentación.

Huye también de las pasiones juveniles, y sigue la justicia, la fe, el amor y la paz, con los que de corazón limpio invocan al Señor.
2 Timoteo 2:22

Un joven que no está firme en la fe estará aún más vulnerable a caer en tentaciones y pasiones juveniles, pero nadie está exento. Por ello debes buscar primero crecer en la fe, amar a Dios por sobre todas las cosas y en el tiempo correcto Dios te dará la persona correcta.

Posteriormente veremos este tema a mayor profundidad, pero quisiera adelantarme un poco.

Dice Pablo a Timoteo: Huye de las pasiones juveniles. No dice: Resístelas. Pero sí dice: Huye. No es algo que se resista, es algo de lo que debes huir porque como humanos somos débiles y la salida es huyendo. Bajarte rápido del auto, entrando pronto a la casa de tus padres, son ejemplos de cómo se huye de la tentación. Si como novios quieren agradar a Dios tu pareja lo entenderá.

También dice el apóstol Pablo: Sigue la justicia, la fe, el amor y la paz… No se trata sólo de huir de una tentación, también debemos seguir lo bueno. Cuando sigues lo bueno, lo santo, lo puro, las cosas de Dios, tu llamado, la fe, el amor, la unción y todo lo que agrada a Dios, entonces tendrás un camino, una meta que te alejará de las tentaciones.

La última parte del verso dice: "… con los que de corazón limpio invocan al Señor". Es decir, pasa más tiempo en grupo y qué mejor que este grupo sean jóvenes que buscan a Dios. Una de las formas de llevar un noviazgo agradable a Dios es pasar el mayor tiempo posible en grupo y/o en lugares públicos y el menor tiempo posible solos o en lugares asolados.

"Más tú sé fiel a Dios, hónralo cuando nadie te ve y Él te honrará en público."

10. Debes saber que el noviazgo te puede alejar de tus amistades.

Cuando dos personas comienzan un noviazgo corren el riesgo de alejarse de sus amistades. Esto es un error. Una relación de noviazgo necesitará tiempo para crecer, fortalecerse y fructificar, pero no es sano descuidar tus amistades. Hemos visto muchas veces como al entrar al noviazgo jóvenes y señoritas descuidan sus amigos y amigas por pasar tiempo con su novio(a), y cuando llegan a romper en la relación ya no están esas amistades ahí o las cosas ya cambiaron mucho y sienten que no encajan en el círculo de amigos que tenían; esto produce que se sientan solos(as) y puede venir gran tristeza al corazón.

11. Debes saber que tu novio no es tu esposo.

El novio no tiene la obligación de pagar todo cuando salgan a pasear, aunque seguramente deseará hacerlo. El novio no puede prohibirte tener amistades ni obligarte a hacer algo que no quieres. El novio no debe propasarse contigo ni tocar tu cuerpo como le plazca. El novio no tiene la obligación de reportarse contigo a donde va y lo que hace durante el día. El novio es más amigo que esposo. El puesto de noviazgo está más cerca al de la amistad que al del matrimonio. El puesto de novio está más cerca al de amigo que al de esposo.

12. Debes saber que tu novia no es tu esposa.

No tienes obligación de pagar todas las cuentas cada vez que salen, ella puede cooperar también y no hay problema, aunque seguramente desearás tú cubrir la cuenta, no estás obligado a ello. La novia no puede prohibirte salir con amigos ni debe hostigarte cada cinco minutos si no te reportas con ella. No puedes ser posesivo con ella. Ella no te debe rendir cuentas a ti. No debes exigirle más tiempo del natural ni ella te lo debe exigir a ti. La novia es más amiga que esposa. El puesto de noviazgo está más cerca al de la amistad que al del matrimonio. El puesto de novia está más cerca al de amiga que al de esposa.

Capítulo 4
Edad recomendada para comenzar un noviazgo

Y puso Adán nombre a toda bestia y ave de los cielos y a todo ganado del campo; más para Adán no se halló ayuda idónea para él. Entonces Jehová Dios hizo caer sueño profundo sobre Adán, y mientras este dormía, tomó una de sus costillas, y cerró la carne en su lugar. Y de la costilla que Jehová Dios tomó del hombre, hizo una mujer, y la trajo al hombre.
Génesis 2:20-22

En el capítulo dos de Génesis podemos ver como Adán trabajó y después Dios le dio esposa. Todo tiene su tiempo. Si hoy es tiempo de estudiar, estudia, luego trabajarás y entonces Dios te dará una esposa. Y si ya trabajas y estudias tu prioridad debe ser estudiar para que después puedas trabajar de forma más preparada pues nadie ha dicho que esto es fácil. Adán y Eva, llenos de la Gloria de Dios hasta brillar literalmente, este primer matrimonio cometió errores, imagínate nosotros. A veces uno no puede responder por los actos propios de nuestra inmadurez, menos por los de alguien más. Esto nos muestra que así no podemos ser responsables de una familia. Todo a su tiempo. Estudia, luego trabaja y hallarás la misericordia de Jehová.

Las cosas no son fáciles, se debe tener una madurez y una preparación, la universidad te da carácter y madurez, también te prepara para realizar una profesión en la cual puedas servir a la sociedad y recibir el pago por tu servicio para proveer las necesidades de los tuyos.

Recomendamos entrar a una relación de noviazgo al salir de la universidad o bien a los 20 años como mínimo.

¿Por qué recomendamos esta edad? Hemos visto muchas parejas que comienzan noviazgos muy chicos en edad y siempre un corazón sale roto.

Otra razón importante por la cual no aconsejamos tener noviazgos antes de los 20 años es porque un noviazgo, preferentemente, debe ser aproximadamente de dos años. Noviazgos mucho más largos no son lo más recomendable. Entonces si un jovencito comienza de novio a los 16 años, es casi imposible que para los 18 años ya tenga como ganar el sustento para su casa y la madurez para sobrellevar todas las responsabilidades familiares que conlleva el matrimonio.

Cuando uno es muy joven es inmaduro y fácilmente podemos desenfocarnos con una relación de noviazgo. Hay un tiempo donde la prioridad es estudiar y prepararse. Cuando estás joven y soltero, ese es tu tiempo para estudiar, aprender idiomas, oficios, desarrollar habilidades y hábitos que en un futuro te llevarán al éxito. Ya cuando entras al matrimonio y a la vida laboral querrás tener tiempo para estudiar algunas cosas más y ya no tendrás ese tiempo y/o esa oportunidad. Entonces debes aprovechar tu juventud y soltería para enfocarte a crecer, prepárate lo más que puedas, en todas las áreas posibles: idiomas, tu carrera, música, finanzas, liderazgo, comunicación, oficios y múltiples habilidades que desees y te puedan servir para tener éxito en tu vida. Si comienzas una relación de noviazgo muy joven, seguramente te desenfocarás y puedes perder la oportunidad de la juventud para prepararte y ser una persona altamente exitosa en el futuro.

Ten muchas amistades

Un buen consejo para los menores de 20 años es que tengan muchas amistades. Sí, muchas amistades. Antes de los 20 años tu círculo de conocidos es muy reducido, éste se amplía una vez que has pasado por la preparatoria, luego se amplía aún más cuando entras a la universidad y se vuelve a ampliar cuando entras al área laboral. Si te comprometes con una persona siendo muy joven esto te limitará a conocer más personas libremente. Muchos prospectos buenos no se acercarán a ti porque ya tienes novio. Muchas chicas no podrán acercarse a ti porque ya estas relacionado con una novia. Para tomar una buena decisión de con quién debes casarte debes tener un gran abanico de posibilidades de donde tú puedes escoger. Hay más posibilidades de tomar una mejor decisión cuando conoces 1000 personas que cuando sólo conoces a 10. De los diez amigos que tienes en la secundaria podría ser que ninguno de ellos sea doctor o ni siquiera alguno estudie una carrera. No sabes si esas 10 amigas que tienes en la secundaria cuando crezcan se pongan feas. Pero si tienes quinientas amistades con el pasar del tiempo hasta salir de la universidad alguna de estas personas podría destacar y su propósito unirse al tuyo. Hay más posibilidades que haya alguien que sobresalga entre un grupo de 500 que en un grupo reducido de conocidos.

Ten muchas amistades. Conoce mucha gente sin comprometerte a noviazgo con alguien. Cuando llegue el tiempo correcto Dios te guiará con la persona correcta. Pero no cierres la oportunidad de conocer personas nuevas que Dios quiere que conozcas como amigos.

¿Cuándo es tiempo para casarse?

Cuando estés dispuesto a trabajar para que tus ganancias las disfrute alguien más.

Capítulo 5
7 cosas importantes que debes saber de los besos

1. Los besos son pactos.

> *¡Oh, si él me besara con besos de su boca!*
> *Porque mejores son tus amores que el vino*
> *Cantares 1:2*

Un beso en la boca nos habla de pacto. No puedes besar a dos personas al mismo tiempo, o besas a una o besas a otra. Un beso es el símbolo de unirte a una sola persona. Es hacer un pacto con esa persona a la cual besas.

Cuando una pareja está celebrando su unión matrimonial y se realiza la ceremonia religiosa de la boda, el ministro regularmente dice al final: El novio puede besar a la novia. Es con un beso que se sella el pacto matrimonial. Es con un beso que se lleva a cabo el pacto entre la pareja.

Los besos no son insignificantes como actualmente se pretende que se vean. Los besos son pactos y Dios así los ve.

Es por ello que debes guardar tus besos para la persona correcta. El beso es más allá que sólo sentir bonito y satisfacer un deseo humano. El beso, aunque es una muestra de cariño muy especial conlleva pacto, no es para todos ni para cualquiera.

Las bondades de un negocio, sus ganancias y sus beneficios, son maravillosos, pero estos vienen por un compromiso del emprendedor. No puedes tener esas bondades y beneficios si no te comprometes. Es igual con los besos, son lindos, son bonitos, se disfrutan mucho, pero no son para cualquiera, son para aquellos que están comprometidos el uno con el otro. Son para aquellos que se aman y desean vivir toda la vida juntos.

No puedes besar a dos personas en el mismo instante. Besas a una o besas a la otra. Tienes que elegir, tienes que tomar una decisión. Esto nos habla mucho de la naturaleza del beso. Para activar un noviazgo donde hay besos debes elegir y tomar una decisión importante ¿A quién vas a besar? ¿Es la persona con la que quieres comenzar a tener un pacto en esta vida? Los besos no son cosa ligera, son pactos delante de Dios.

2. Los besos ligan el corazón.

El hombre bueno, del buen tesoro de su corazón saca lo bueno; y el hombre malo, del mal tesoro de su corazón saca lo malo; porque de la abundancia del corazón habla la boca.
Lucas 6:45

La Biblia nos enseña cómo de la abundancia del corazón habla nuestra boca. Esto quiere decir que la boca y el corazón están conectados, están ligados. Lo que hay dentro del corazón se expresa con la boca.

Cuando tu acercas tu boca a la boca de alguien más, estas acercando tu corazón al corazón de esa otra persona.

Cuando unes tu boca a la boca de alguien más, en el acto del beso, estás uniendo tu corazón con el corazón de esa otra persona. La boca siempre expresa lo que hay en el corazón. No puedes separar el corazón de la boca, ni la boca del corazón, ambos están conectados.

Los besos ligan el corazón entre dos personas. Muchas veces las parejas terminan su relación, pero siguen ligados, al menos uno de los dos sufre por dentro y su corazón duele. ¿Por qué? Porque quedaron ligados en el corazón. Debes saber que los besos te unirán más a esa persona y te ligarán a su corazón. Los besos no son para todos, ni para cualquiera, los besos están reservados para la persona correcta.

¡Es terrible ligar tu corazón a una persona incorrecta! Traerá sufrimiento a tu vida. Tu corazón se romperá. Te dolerá.

Pero, así como es terrible ligar el corazón con la persona incorrecta también es maravilloso ligar el corazón a la persona correcta. Los besos no son malos en sí mismos, sólo que debemos entregarlos a esa persona especial con la cual deseamos vivir toda la vida. Nunca lo olvides, los besos no son para todos y no son para cualquiera, los besos están reservados para la persona correcta.

3. Los besos necesitan un toque físico.

¡Oh, si él me besara con besos de su boca!
Porque mejores son tus amores que el vino
Cantares 1:2

No existe algo como un beso virtual o a la distancia. Un beso virtual puede ser algo lindo y un detalle romántico, pero verdaderamente el beso como tal conlleva un toque físico. Necesitas estar sumamente cerca de una persona para besarla.

Hay personas que no quieres tener cerca de ti. Hay personas que te pueden traer problemas sólo por estar cerca de ellos. De tales personas aléjate. Mucho menos pienses en tener una relación de noviazgo con ellos.

Hay un poder en el contacto físico. Un contacto físico puede desatar una impartición de lo que la otra persona es.

Y he aquí una mujer enferma de flujo de sangre desde hacía doce años, se le acercó por detrás y tocó el borde de su manto; porque decía dentro de sí: Si tocare solamente su manto, seré salva.
Mateo 9:20-21

Un toque físico con alguien ungido te puede traer sanidad y liberación. Pero también un toque físico con alguien lleno de maldad puede traer a tu vida maldición.

Cuídate de besar a personas llenas de maldad y lujuria, que sólo buscan satisfacer sus propios deseos carnales y no te aman. Cuídate de besar personas incorrectas que pueden traer impurezas a tu vida. Guarda tus besos para quien vaya a ser el amor de tu vida, con quién deseas llegar a formar una familia y juntos vivir agradando a Dios todos los días.

Esta es otra razón por la cual cuando comiencen una relación de noviazgo debes escoger a una persona salva, que crea en Jesús, que camine en libertad de espíritu y en santidad. La cercanía en el noviazgo es mucha y tú no quieres estas cerca de alguien que traiga maldición a tu vida.

4. Los besos deben ser puros.

Huye también de las pasiones juveniles, y sigue la justicia, la fe, el amor y la paz, con los que de corazón limpio invocan al Señor.
2 Timoteo 2:22

¿Cómo deben ser los besos en el noviazgo? Con pureza. Esta es la palabra clave. PUREZA. Los besos en el noviazgo no deben llevarte a fallarle a Dios. No deben practicarse fuera de la pureza. Guárdate en pureza.

5. Los besos te pueden excitar y llevar a perder la cordura.

Debes saberlo. Esto puede pasar cuando se prolongan mucho los besos y son muy constantes. Tú huye de las pasiones juveniles. En el noviazgo, los besos, si se llevan a cabo, deben ser puros y nada prolongados ni constantes.

Hay algunos tipos de besos que recomendamos evitar en el noviazgo y que están recomendados sólo para practicarse dentro del matrimonio.

a). Besos apasionados.

Estos besos como los de las películas, telenovelas y/o series de televisión no son apropiados para el noviazgo pues seguramente activarán hormonas en nuestro cuerpo que nos llevarán a pasar límites y fallarle a Dios.

b). Besos de lengua.

La gente que practica estos besos altera todo su cuerpo, estos besos te inflaman la pasión y te pueden llevar a perder la cordura. Es por ello que éstos se recomiendan hasta la etapa matrimonial donde toda esta actividad es correcta. Pero en el noviazgo, esta clase de besos abrirá la puerta a que el infierno inflame tu pasión y puedas entrar en un estado de vulnerabilidad sin retorno. No quiero que pienses que estoy exagerando, quiero que veas lo que la Biblia habla de la lengua, la cual debemos siempre de mantener sometida al poderío de Jesucristo.

Y la lengua es un fuego, un mundo de maldad. La lengua está puesta entre nuestros miembros, y contamina todo el cuerpo, e inflama la rueda de la creación, y ella misma es inflamada por el infierno.
Santiago 3:6

La lengua debe ser usada para bendecir y no para desatar maldición.

La muerte y la vida están en poder de la lengua,
Y el que la ama comerá de sus frutos.
Proverbios 18:21

6. Los besos en el noviazgo deben ser rápidos y cortos.

El avisado ve el mal y se esconde;
Mas los simples pasan y reciben el daño.
Proverbios 22:3

Los besos dentro del noviazgo deben ser rápidos y cortos. Nada constantes. Algunos llaman a estos besos: "Besos de piquito". Los besos no son el fin del noviazgo, nuestro noviazgo no debe estar basado sólo en besos y proximidad física.

El que guarda su boca y su lengua,
Su alma guarda de angustias.
Proverbios 21:23

7. Hay besos traicioneros.

Y el que le entregaba les había dado señal, diciendo: Al que yo besare, ese es; prendedle. Y en seguida se acercó a Jesús y dijo: ¡Salve, Maestro! Y le besó. Y Jesús le dijo: Amigo, ¿a qué vienes? Entonces se acercaron y echaron mano a Jesús, y le prendieron.
Mateo 26:48-50

La biblia nos enseña que también hay besos traicioneros: Los besos de Judas. Fue con un beso que Judas entregó a Jesús, luego sus enemigos le echaron mano y le prendieron. Judas recibió una recompensa de 30 piezas de plata por entregar a Jesús. Sí, así es, Judas recibió una gratificación por hacer eso.

Los besos de Judas son cuando sólo se piensa en sí mismo, en conseguir una gratificación personal y carnal al besar a otra persona. ¡Cuidado con estos besos! Ese Judas que solamente quiere gratificarse a sí mismo pudiera estarte entregando a los verdugos de la pasión desenfrenada y la lujuria.

Cuídate de los Judas que sólo quieren jugar y disfrutar tus besos y caricias. Cuídate de llegar a ser un Judas (o una Judas) que piense solamente en sí mismo y provoque lujuria en el noviazgo.

El verdadero amor también es limitarse y cuidar a la otra persona para que no le falle a Dios. Cuando alguien sólo se ama a sí mismo sin importarle la otra persona, queriendo satisfacer sus propios deseos, eso no es actuar en amor. Se está convirtiendo en un Judas.

¿Crees que Judas quería ver muerto a su maestro? ¿Crees que Judas realmente quería perjudicar a Jesús? Claro que no. Pensó en sí mismo y en sacar provecho personal. Nunca pensó en Jesús. Lo podemos ver cuando Judas vio que llevaban a Jesús a la cruz que sintió una gran culpabilidad y regresó las 30 piezas de plata que había recibido de pago, sin embargo, ya era demasiado tarde, ya había entregado a Jesús a sus verdugos.

Por tu parte debes cuidarte de "los besos de Judas" que sólo buscan satisfacción personal sin pensar en lo que se está ocasionando en la otra persona. Cuida a tu novio(a), ayúdale a vivir en santidad y juntos agradar a Dios.

Capítulo 6
Hablemos un poco de sexo

Y creó Dios al hombre a su imagen, a imagen de Dios lo creó; varón y hembra los creó. Y los bendijo Dios, y les dijo: Fructificad y multiplicaos; llenad la tierra, y sojuzgadla, y señoread en los peces del mar, en las aves de los cielos, y en todas las bestias que se mueven sobre la tierra.
Génesis 1:27-28

Por tanto, dejará el hombre a su padre y a su madre, y se unirá a su mujer, y serán una sola carne. Génesis 2:24

No os neguéis el uno al otro, a no ser por algún tiempo de mutuo consentimiento, para ocuparos sosegadamente en la oración; y volved a juntaros en uno, para que no os tiente Satanás a causa de vuestra incontinencia. 1 Corintios 7:5

Las relaciones sexuales fueron creadas por Dios para ser experimentadas dentro del matrimonio. En el lecho matrimonial son una bendición y tienen propósitos muy específicos para la pareja.

Las relaciones sexuales son como un fuego, usado fuera de orden puede producir una catástrofe terrible, pero usado correctamente trae grandes beneficios. El orden correcto para las relaciones sexuales está dentro del matrimonio.

Tener relaciones sexuales fuera del matrimonio es pecado, activa graves consecuencias a los practicantes, abre la puerta a demonios y maldiciones fuertes pueden reposar sobre tu vida. Hay algo interesante en los versículos que leímos al principio de este capítulo: Así como es pecado tener una relación sexual fuera del matrimonio, cuando una pareja ya está casada el pecado es no tenerlas. Dios no está en contra del sexo, sólo que debe ser practicado en el orden correcto para que éste traiga la bendición de Dios sobre la pareja.

Beneficios de la pureza sexual

pues la voluntad de Dios es vuestra santificación; que os apartéis de fornicación; que cada uno de vosotros sepa tener su propia esposa en santidad y honor; no en pasión de concupiscencia, como los gentiles que no conocen a Dios; 1 Tesalonicenses 4:3-5

La pureza sexual es muy importante para Dios. Contrario a lo que se muestra en el sistema de este mundo y en la sociedad actual donde se ve la inmoralidad sexual como ligera y cotidiana, Dios no aprueba estas prácticas.

Dice el versículo que acabamos de leer: *"no en pasión de concupiscencia, como los gentiles que no conocen a Dios"*. Muchos quieren vivir como inconversos, como gente sin fe y sin Dios, fornicando en todo momento. Pero la gente de Dios no practica tales cosas. Debe haber una diferencia entre la gente sin fe y sin Dios, a la gente de Dios: La iglesia.

Guardarse puro y virgen hasta el matrimonio tiene grandes beneficios y desata grandes bendiciones de Dios para la pareja.
Hemos visto una y otra vez, como parejas que se guardan vírgenes hasta el matrimonio, Dios respalda sus bodas,

provee todo lo que necesitan y aún más de lo que esperaban. Múltiples bendiciones vienen sobre ellos.

De forma contraria, la inmoralidad sexual activa maldiciones de pobreza y escasez. De fracaso y de ruina. Abre puertas a demonios y su alma queda fragmentada. Añade a esto las enfermedades incurables que pueden venir por prácticas sexuales indebidas.

Mi esposa Karen y yo, llegamos vírgenes al matrimonio, no me avergüenzo en decirlo. Experimentamos grandes bendiciones de Dios cuando nos casamos. Hemos visto la bendición de Dios sobre nuestro matrimonio y nuestra familia. Creo que la pureza sexual debe ponerse de moda una vez más. Todo aquello que atraiga bendición, avance, prosperidad y el favor de Dios sobre las vidas debe ponerse de moda y practicarse con honor.

Nunca lo olvides, para Dios es muy importante la pureza sexual. ¡Guárdate puro, guárdate virgen y vendrán bendiciones especiales sobre ti!

Joven, ¿Te gustaría casarte con una chica que ha tenido 35 parejas sexuales antes de tu boda con ella? Señorita, ¿Te gustaría casarte con un hombre donde tú serás la numero 95 en su lista de parejas sexuales? Por supuesto que no. Es por ello que debemos sembrar la semilla de la pureza y guardarnos vírgenes hasta el matrimonio. Recuerda: Haz lo que quieras que te hagan a ti.

Guárdate virgen hasta el matrimonio y ve como Dios proveerá para tu boda, experimenta la bendición sobre abundante de Dios, experimenta su Presencia y su bondad sobre ti. Guárdate puro.

Capítulo 7
El noviazgo debe ser formal

Si decimos que tenemos comunión con él, y andamos en tinieblas, mentimos, y no practicamos la verdad;
1 Juan 1:6

Nos referimos a un noviazgo formal cuando las familias de ambos están enteradas de la relación y estuvieron involucradas en la decisión de iniciar el noviazgo. Un noviazgo siempre debe tener la bendición de las familias para que este se desarrolle y llegue a un matrimonio feliz.

A diferencia de muchos noviazgos actuales donde los padres no tienen idea incluso de cuántas parejas los(as) hijos(as) han tenido. Un noviazgo formal debe ser la norma y el estilo de noviazgo que debemos buscar.

Un noviazgo informal, sin involucrarse con la familia de la pareja es un noviazgo sin mucho futuro, sin formalidad, donde el joven o la señorita pueden desaparecer de un día para otro. Andar con una persona sin la intención de formalizar en un futuro es sólo jugar y divertirse un ratito. Nadie quiere conocer al papá de la muchacha con la que solamente quieres jugar. Nadie quiere conocer a la mamá del joven del cual sólo quieres sacar un beneficio y aprovecharte de él.

Formalizar un noviazgo te guardará de comenzar una relación con una persona que sólo quiere jugar contigo, te librará de que te rompan el corazón cruelmente en un futuro, te librará de malas experiencias e incluso de abusos y extralimitaciones. Cuando los hermanos y el padre de una muchacha ubican el rostro de aquel joven que corteja a su hija, más le vale que no se porte mal con ella porque ya lo tienen ubicado. Parece broma, pero lo que quiero transmitirte en esta hora es cómo el formalizar un noviazgo da mucha protección a ambas partes.

¿Cómo formalizar un noviazgo?

Un noviazgo se formaliza cuando las familias de ambos conocen a la pareja y están al tanto de la relación.

Qué bendición es ver a un joven presentándose con el padre y/o la madre de la jovencita con la cual desea comenzar un noviazgo. Qué buena impresión da un joven que se presenta con la familia de la señorita con la cual va a salir y se compromete de traerla sana y salva en el tiempo estipulado por la familia. Qué agradable impresión da un joven que da la cara.

Yo formalicé mi relación con Ana Karen, mi esposa, hablando con sus papás, los cuales ahora son mis suegros y pastores. Antes de pedirle que fuera mi novia le pedí permiso a mis suegros para ser novio de Ana Karen, los cité en un café, abrí mi corazón, mostré mis intenciones para con su hija y Dios me dio gracia delante de ellos. Mi suegro, después de platicar al respecto, me miró y estableció las reglas de la relación, algunas de estas reglas fueron llegar antes de las diez de la noche a la casa, no andar separados del grupo de jóvenes, salir a pasear a lugares públicos y no pensar en casarnos hasta terminar nuestros estudios universitarios. A lo cual yo le di mi palabra de que cumpliríamos con estas normas y que las respetaríamos en su totalidad. También hablé con quién era mi pastor en ese tiempo el cual también nos dio su bendición. Después de unos días hablé con Karen, le declaré mi amor abiertamente y dimos el paso de la amistad al noviazgo. Nuestro noviazgo no era un juego, no éramos novios a escondidas, teníamos un noviazgo formal.

Amigo, amiga, si no estas listo(a) para hablar con la familia de la otra persona y conocerlos, aún no estás listo(a) para dar el paso al noviazgo. Formaliza tu relación. No andes en tinieblas, no comiences una relación de noviazgo a escondidas. Involucra a tus padres, involucra a tus hermanos, involucra a tu familia. No seas independiente en una decisión tan importante para tu vida. Platícales a tus padres que conociste a una jovencita, platícale a tu mamá que conociste a un joven que te gusta. Pide su consejo, pide su bendición y pide su aprobación.

Capítulo 8
11 razones por las que el noviazgo debe ser formal y no un juego.

1.- El noviazgo debe ser formal y no un juego porque esto permite que tu familia conozca a la persona con la cual estás paseando y hablando constantemente.

Si algo ocurre, si algo te pasa, tu familia puede preguntarle a tu novio(a) respecto de ti. Pueden marcarle por teléfono si tú no contestas las llamadas. Si hay una urgencia te pueden localizar más fácilmente.

Yo recuerdo que cuando estaba niño mi mamá me pedía los teléfonos y los nombres de mis amigos con los cuales iba a hacer tarea en equipo, ella quería saber dónde y con quién estaba. Si eso era normal con mis amistades, cuánto más en el noviazgo.

2.- El noviazgo debe ser formal y no un juego porque esto da paz a tus padres de que estás con una buena persona.

Cuando no se formaliza el noviazgo y sales a pasear, tus padres no saben con quién andas, no le han visto la cara, no saben si es un maleante, una trepadora, un drogadicto, un mal viviente o un abusador. No saben qué edad tiene esa persona con la que sales, no saben nada de él o ella. Pero cuando el noviazgo es formal y tus padres han aprobado la relación, ellos saben que sales con una buena persona, respetuosa y honesta. Están más tranquilos de saber que tu pareja no está metido(a) en problemas sociales que te pueden salpicar a ti mientras pasas tiempo con él o ella.

3.- El noviazgo debe ser formal y no un juego porque así serás guardado de una relación incorrecta.

Cuando formalizas un noviazgo e involucras a la familia, tu familia puede ver con ojo crítico a esa persona. Ellos con su amor y experiencia te podrán guiar, quizá te digan: "Sabes que hija, ese muchacho no me gusta", o "Esa muchacha me encanta". Pero debes saber que, si tus padres ven algo en esa otra persona que no les gusta, eso será tu cobertura y serás guardado de entrar en una relación incorrecta.

4.- El noviazgo debe ser formal y no un juego porque esto puede salvar tu vida.

Si tú sales constantemente con una persona peligrosa, tu vida está en riesgo. Quizá tú no lo sepas, quizá para ti sea una persona maravillosa, pero en realidad pudieras estar saliendo con alguien de peligro sin tú saberlo. Tu familia y padres pueden auxiliarte e intervenir en tu ayuda, pero ¿Cómo lo harán si ni siquiera conocen el rostro de la persona con la que tanto tiempo pasas?

5.- El noviazgo debe ser formal y no un juego porque esto te libra de engaños.

Cuando no tienes un noviazgo formal y andas a escondidas, quizá la otra persona tenga 3 o 7 novias por varias partes. Quizá esa chica tiene dos o tres novios en la ciudad y tú eres uno más entre ellos. Pero cuando hay un noviazgo formal, la familia esta enterada y la sociedad lo sabe abiertamente, ahí es más difícil que te engañen con otra persona pues quien les conoce se dará cuenta y dará la información de inmediato. Si no quieres ser uno(a) más en su lista de amoríos, formaliza la relación.

6.- El noviazgo debe ser formal y no un juego porque esto te libra de cometer un error grave.

Muchos por el amor, por la vista o incluso por las hormonas, se ciegan a ver con claridad a la persona de la cual se están enamorando. Pero el formalizar e involucrar a tu familia, amigos y a la gente que te ama de verdad, te ayudará a que ellos te digan fríamente lo que todos perciben menos tú. Formalizar te librará de cometer graves errores.

7.- El noviazgo debe ser formal y no un juego porque esto honra a tus padres.

Cuando formalizas un noviazgo estás honrando a tus padres, estás haciéndoles parte de tu vida, estás tomándoles en cuenta y pidiendo su bendición. Honra a tus padres para que tu vida sea larga y bendecida.

8.- El noviazgo debe ser formal y no un juego porque así obtendrás la bendición de tus padres y suegros.

Formalizar es la manera de recibir la bendición de tus padres y suegros. Su bendición puede marcar la diferencia en tu relación de pareja y en tu futuro compromiso para el matrimonio. Una bendición puede definir un buen y gran futuro para ti.

9.- El noviazgo debe ser formal y no un juego porque así tendrás confianza y seguridad.

Cuando formalizas una relación viene sobre ti la confianza en tu pareja, viene la seguridad de que no estás perdiendo el tiempo con alguien que no te toma en serio. Te da confianza en que tu pareja no va a desaparecer de la noche a la mañana.

10.- El noviazgo debe ser formal y no un juego porque esto muestra cariño real y compromiso.

Cuando una pareja formaliza una relación está expresando cariño real, está expresando compromiso. Cuando no se formaliza nada y son novios a escondidas no puedes saber si sólo eres un juego para tu pareja o una aventura pasajera. El formalizar es una verdadera muestra de cariño y compromiso.

11.- El noviazgo debe ser formal y no un juego porque esto te da valor.

Quién desee tener una relación contigo debe saber que necesitará formalizar o si no, no obtendrá nada de ti. Formalizar te da valor. Cuando las personas tienen muchas parejas informales, tales personas se hacen de mala fama y reputación. Quien quiera ser tu novio que sepa que no será fácil conquistarte, no será fácil besarte, no será fácil que le des tu corazón. Cuando se tienen muchas parejas informales será fácil para alguien aventarte como pañuelo usado cuando le plazca. Cuando te das a respetar y te valoras, la gente sabrá que, si algo quieren contigo, deberá ser algo serio y formal.

Capítulo 9
¿Dónde debes conocer a tu media naranja?

Para responder esta pregunta, es importante que veamos a la primera pareja de la humanidad, Adán y Eva. Su encuentro fue realizado y orquestado por Dios mismo. Seguramente Adán cuando la vio por primera vez se enamoró de inmediato.

Adán y Eva son una pareja con un gran propósito, su encuentro nos revela mucha enseñanza y sabiduría que haremos bien en recibir.

¿Dónde conoció Adán a Eva? En el huerto del Edén. Edén significa deleite. Adán conoció a Eva en el deleite de estar en la Presencia de Dios. No en el deleite de la carne, del pecado, sino en el deleite de Dios. Si quieres que sea Dios quien te de tu pareja entonces necesitas estar constantemente en el deleite de Dios, buscar a Dios con todo tu corazón y ahí Dios te bendecirá.

Deja que Dios elija por ti a tu esposa(o).

Muchos buscan pareja en el antro, en la escuela, en la fiesta o en el club, ahí no encontrarás a la persona adecuada para tu vida, sólo la hallarás cuando estés en el deleite de estar en la Presencia de Dios.

Yo conocí a mi esposa en la iglesia, sirviendo a Dios, hoy somos muy felices, totalmente convencidos que somos el uno para el otro y juntos caminamos hacia el propósito de Dios en nuestras vidas. Dios nos ha bendecido y nunca nos ha faltado nada. Cuando te deleitas en su Presencia y le sirves, es ahí donde Dios te dará la persona ideal para ti y les bendecirá, si le son fieles a Él.

Hemos escuchado muchas veces a mujeres quejarse porque su esposo es borracho y llega ebrio a la casa de noche, pero cuando les preguntas dónde se conocieron, justamente el punto de encuentro fue en un bar donde estaban tomando. Es por eso que si deseas que tu esposo sea un hombre que ore por ti, que te enseñe la Palabra, que sea recto, justo, bueno y busque agradar a Dios, necesitas buscarlo en la iglesia. Necesitas comenzar a entrar al deleite de la Presencia de Dios, ahí Él te proveerá a tu compañero ideal. Si deseas que tu esposa sea una mujer buena, que sirva a Dios, mujer de oración y fe, deja de buscar chicas en los antros. Las mujeres de Dios, de fe y oración están en la iglesia.

Adán encontró esposa en el Edén, en el deleite de la Presencia de Dios. Busca primero al Señor, busca agradarle sólo a Él y Él te dará lo que tú necesitas.

Más buscad primeramente el reino de Dios y su justicia, y todas estas cosas os serán añadidas. Mateo 6:33

Capítulo 10
Sirvan a Dios

En lo que requiere diligencia, no perezosos; fervientes en espíritu, sirviendo al Señor; Romanos 12:11

Así que, hermanos míos amados, estad firmes y constantes, creciendo en la obra del Señor siempre, sabiendo que vuestro trabajo en el Señor no es en vano. 1 Corintios 15:58

Si alguno me sirve, sígame; y donde yo estuviere, allí también estará mi servidor. Si alguno me sirviere, mi Padre le honrará.
Juan 12:26

Siempre recomendamos a los novios servir a Dios durante su etapa de noviazgo. Tener una relación basada en el Reino de Dios es de gran provecho para sus vidas y su relación.

Pueden servir en la misma área o en áreas distintas, pero es bueno que ambos sirvan a Dios. Servir a Dios tiene algunos beneficios que son muy buenos para tu juventud y para la relación de noviazgo.

7 beneficios de servir a Dios en el noviazgo.

1. Servir a Dios en el noviazgo requerirá de ti, diligencia a la obra de Dios.

La mayoría de las personas dejan de ser diligentes en el reino de Dios por atender en exceso una relación de noviazgo. Tu tiempo debe ser invertido en el mejor lugar: La obra de Dios. Si no servimos a Dios nuestro tiempo será vaciado sobre una relación, pero tu relación primaria siempre debe ser el Reino de Dios.

Muchos son diligentes a su relación y a su pareja. Pero el tiempo en exceso invertido a una relación de noviazgo puede rayar en malestar. Recuerda que tu novio no es tu esposo, recuerda que tu novia no es tu esposa como para que tu diligencia sea sobre tu pareja. No debes descuidar la escuela por atender a tu novio(a), no debes descuidar tu familia (mamá, papá, hermanos) por atender a tu novio(a), no debes descuidar tu trabajo por atender tu novio(a), no debes descuidar tu relación con Dios por atender a tu novio(a). Te lo repito, no lo olvides, tu novio no es tu esposo, sí, lo leíste bien, tu novia no es tu esposa. Tu diligencia no es para con él o ella. ¡La familia, Dios, tu llamado, tu escuela están por encima de tu noviazgo! Servir a Dios te mantendrá en el lugar correcto. Servir a Dios requerirá de ti, diligencia.

2. Servir a Dios en el noviazgo te librará de poner lo primero en segundo lugar.

El Reino de Dios es lo primero en nuestra vida. Este es el orden correcto para que las bendiciones de Dios reposen sobre nosotros. ¿Quieres un noviazgo bendecido? Pon el reino de Dios primero. ¿Quieres que tu noviazgo avance, prospere y llegue a ser un matrimonio feliz? Pon el reino de Dios primero. ¿Quieres que Dios te ayude cuando llegue el momento de casarse? Pon el reino de Dios en primer lugar y todas las cosas vendrán por añadidura. Aún que seas un fiel creyente del evangelio, si no sirves a Dios en tu etapa de noviazgo, fácilmente pondrás tu relación en primer lugar y pasarás el reino de Dios a segundo término, anulando así las bendiciones que vienen a aquellos que ponen el reino de Dios en primer lugar.

Mas buscad primeramente el reino de Dios y su justicia, y todas estas cosas os serán añadidas. Mateo 6:33

3. Servir a Dios en el noviazgo reflejará el corazón de la pareja para con Dios.

¿Cómo sirve a Dios esa persona con la cual te quieres casar? ¿Sirve con alegría? ¿Es diligente en su servicio a Dios en la iglesia? ¿Lo hace a la fuerza? ¿Se ve obligado a servir? ¿No mejora en su labor asignada o crece cada día en ella? ¿Alcanza nuevas almas? ¿Refleja pasión y amor por Dios en lo que hace para la iglesia? ¿Trata bien a sus compañeros? ¿Busca cualquier oportunidad para dejar su servicio? ¿Hace sacrificios con gozo para servir a Dios? ¿Lo hace feliz? ¿Lo hace con agradecimiento? ¿Lo hace por dinero? Todas estas preguntas tú te debes hacer cuando alguien con quién te gustaría casarte está sirviendo a Dios. Su servicio a Dios por un tiempo considerable revelará su verdadero corazón para con Dios.

Si tu pareja no desea servir a Dios ¿Por qué te casarías con alguien que no desea servir a quien le dio los dones más valiosos como lo son: la vida y la salvación? ¿Crees que te servirá a ti cuando necesites su ayuda ya dentro del matrimonio, con el pasar de los años? Es digno de considerar.

Si tu pareja sirve al Señor con todas sus fuerzas, con amor, pasión y agradecimiento ¿Por qué no te casarías con alguien así? ¿Por qué le dirías "no" a todas las bendiciones que vienen sobre aquellos que aman al Señor y le sirven con corazón sincero? Piénsalo bien. Son áreas dignas de ser observadas.

4. Servir a Dios en el noviazgo te librará del pecado de pereza.

Hay personas que son muy diligentes para el deporte, la escuela, el dinero, la fiesta, los amigos, etc., pero para las cosas espirituales no son tan diligentes. Tienen tiempo, entusiasmo y energía para todo menos para servir a Dios. Esto marcará su futuro. En lo que tu seas diligente hoy, determinará tu futuro. Hay áreas que necesitan de tu diligencia pues son muy importantes, ser perezosos en esas áreas puede traer grandes pérdidas a nuestra vida. Sirve a Dios en tu juventud y sé libre del pecado de pereza.

5. Servir a Dios en el noviazgo te llevará a ser ferviente en el espíritu.

Dentro del noviazgo debes ser ferviente en el espíritu. Tu fervor en el espíritu te puede librar de las muchas tentaciones que hay en el noviazgo. Tu fervor por Dios, por su obra y por la iglesia, te llevará a pelear las batallas contra el diablo y tu carne, tu fervor te llevará a hacer todo lo necesario para vencer en cada una de esas batallas.

Quien está sirviendo en la alabanza sentirá la demanda de no fallarle a Dios en su vida, quien sirve en la iglesia predicando y enseñando las escrituras por las casas, sentirá la demanda de guardarse en pureza para cumplir su llamado. Ese fervor en el espíritu es necesario dentro del noviazgo. No te enfríes dejando a un lado el llamado de Dios, mantén ese fuego por Dios ardiendo en tu corazón. ¡Sírvele al Señor y no le falles!

En lo que requiere diligencia, no perezosos; fervientes en espíritu, sirviendo al Señor; Romanos 12:11

6. Servir a Dios en el noviazgo mostrará tu firmeza y constancia, mostrará tu determinación para seguir creciendo en la obra del Señor.

No puedes parar tu servicio a Dios por estar de novio(a). No puedes frenar tu entrega a la obra por una relación de noviazgo. Una vez escuché decir a un amigo, mayor que yo en edad, muy querido para mí al cual yo admiraba. "Me voy a tomar un año sabático de servir a Dios". Recuerdo que, aunque yo era pequeño en edad no podía concebir ese concepto. Yo decía dentro de mí: "No puedes descansar de servir a Dios, ¿Cómo es eso posible?". Como bien te imaginarás, aunque mi amigo era un joven lleno de talento, con grandes virtudes y con un futuro muy prometedor, no creció en la obra de Dios. Se estancó. No fue constante. Aunque de joven grabó discos y compuso música, hoy nada relevante se sabe de él en el ministerio. Quedó en el olvido. En cuanto a ti, sé constante en la obra de Dios. No te des tiempo de descanso por un novio o una novia. Sé firme y constante en la obra del Señor y Él te exaltará.

Así que, hermanos míos amados, estad firmes y constantes, creciendo en la obra del Señor siempre, sabiendo que vuestro trabajo en el Señor no es en vano. 1 Corintios 15:58

7. Servir a Dios en el noviazgo te traerá honra y recompensa de parte de Dios.

He visto parejas jóvenes amar a Dios y servirle aún antes del noviazgo y durante su noviazgo. Hemos visto como aquellos que han sido fieles a Dios, Él les honra, les ayuda y su bendición esta sobre ellos. Si deseas la bendición de Dios en tu boda, en tu futuro matrimonio y en tu relación debes servir a Dios en tu noviazgo. Hay honra de parte de Dios y gran recompensa a los que le sirven con corazón sincero.

Mi esposa y yo servimos a Dios desde muy pequeños, cuando nos conocimos seguimos sirviendo a Dios, de hecho, así fue cómo nos conocimos: sirviendo a Él. Nos convocaron para grabar unos spots de radio para un evento de jóvenes a nivel ciudad que se iba a realizar. Cuando fuimos novios seguimos, ambos, sirviendo a Dios. Mientras más crecíamos en edad, más servíamos a Dios y más involucrados estábamos en la obra del Reino. Servíamos en donde nos dieran oportunidad, en la alabanza, en células, en hogares, en funerales, bodas, en la calle, en los parques, etc... Luego yo entré al instituto bíblico donde me estaría capacitando para ser pastor, predicaba en iglesias donde me invitaban, evangelizaba y, en fin, hasta el día de hoy seguimos sirviendo a Dios y lo seguiremos haciendo hasta que Él nos lleve a su Presencia. Lo que te quiero expresar con esta historia es que Dios bendijo mucho nuestra boda, no nos faltó nada. En ese tiempo yo ganaba poco dinero, sin embargo, Él suplió todas y cada una de las cosas que necesitábamos al casarnos y más. Tuvimos la boda de nuestros sueños y comenzamos nuestra familia con la bendición de Dios. Nada nos faltó. Yo te animo el día de hoy a servirle. Entra en las bendiciones que Dios tiene reservadas para los que le sirven. ¡Entra hoy a la bendición sobrenatural que Dios tiene reservada para aquellos que le sirven con corazón sincero!

Capítulo 11
¿Cómo salir de la zona de amistad con dignidad?

Muchos han estado largo tiempo en la zona de amistad sin llegar a una relación de noviazgo. Algunos se pueden llegar a desesperar en este punto de su vida y se apresuran a tomar decisiones equivocadas para ellos. No te desesperes, no te apresures. Comenzar una relación de noviazgo con alguien es una decisión muy importante que puede marcar el resto de tu vida. Confía en Dios y Dios te dará la persona correcta para ti. No se trata sólo de salir de la zona de la amistad, se trata de salir dignamente. Hay al menos tres áreas muy importantes que nunca debes olvidar para salir de la zona de la amistad con dignidad.

Debes salir de la zona de la amistad *en el tiempo correcto, con la persona correcta y de la forma correcta.*

Una gran cantidad de personas logran salir de la zona de amistad, pero acarrean muchos problemas a sus vidas por apresurarse y comenzar una relación de noviazgo en el tiempo incorrecto. Comenzar una relación de noviazgo con la persona incorrecta seguramente marcará tu vida con problemas, aflicciones y dificultades las cuales nunca soñaste vivir. Algunos pueden llegar a casarse con la persona correcta, en el tiempo correcto, pero de la forma incorrecta, por ejemplo, una pareja que llega al matrimonio forzada por un embarazo no deseado. Aunque un bebé siempre es una bendición, la forma en que todo sucedió no es la mejor manera para salir de la zona de la amistad. Es por ello que debes recordar que no importa solamente salir a como dé lugar de la zona de la amistad, sino debemos salir con dignidad. Aunque escuches por todas partes de personas comenzando relaciones de noviazgo y/o matrimonio, tú no te apresures. Otros podrán dar pasos apresurados, pero en cuanto a ti, recuerda siempre estas tres áreas importantes: En el tiempo correcto, con la persona correcta y de la forma correcta. Esta es la manera de salir con la bendición de Dios a un nuevo tiempo para tu vida.

Así es. Te comparto estas tres áreas importantes en forma de lista para que se quede más grabado en tu mente y corazón. Estas son las tres áreas que nunca debes olvidar y siempre debes tener en cuenta para salir de la zona de la amistad con dignidad:

1.- En el tiempo correcto.
2.- Con la persona correcta.
3.- De la forma correcta.

Vamos a ver a una pareja que salió de la zona de la amistad en el tiempo correcto, con la persona correcta y de la forma correcta.

Isaac y Rebeca

Y aconteció que antes que él acabase de hablar, he aquí Rebeca, que había nacido a Betuel, hijo de Milca mujer de Nacor hermano de Abraham, la cual salía con su cántaro sobre su hombro. Y la doncella era de aspecto muy

hermoso, virgen, a la que varón no había conocido; la cual descendió a la fuente, y llenó su cántaro, y se volvía. Entonces el criado corrió hacia ella, y dijo: Te ruego que me des a beber un poco de agua de tu cántaro. Ella respondió: Bebe, señor mío; y se dio prisa a bajar su cántaro sobre su mano, y le dio a beber. Y cuando acabó de darle de beber, dijo: También para tus camellos sacaré agua, hasta que acaben de beber.
Génesis 24:15-19

6 características de Rebeca:

1. Hermosa.
2. Virgen.
3. Descendió a la fuente.
4. Llenó el cántaro.
5. Regresó a su casa.
6. Trabajadora.

Cuando llegue el momento correcto, el Espíritu Santo va a buscar una esposa para un Isaac y va a buscar éstas seis características en una dama.

Hermosa

Lo bueno aquí es que toda mujer es bella. Toda mujer es linda. Pero algunas abusan de su belleza y no se arreglan, le dejan todo a la belleza natural.

¿Qué quiero decir con esto? Hijas, pónganse lindas, tengan su ropita limpia, su ropita bonita, peinaditas, pintaditas, bañaditas. Como decimos en Chihuahua: "Échense la manita de gato". Rebeca era de hermoso aspecto. Tú no sabes en qué momento el Espíritu Santo esté buscando a una dama de bello aspecto para un Isaac, no sabes en qué reunión Dios va a hacer que se conozcan, Rebeca era hermosa. De aspecto hermoso.

Virgen

Una mujer con pureza es la mujer que el Espíritu Santo busca para un Isaac. Virgen era Rebeca, no lo digo yo, lo dice la Biblia. Debes cuidar tu pureza sexual, debes cuidar tus pensamientos, debes ser santa en tu intimidad. Una mujer que se guarde para el hombre correcto y para el tiempo correcto.

Si tu llegaste a Cristo después de conocer el poder de Dios para poderte guardar virgen, si tú no has echado mano de ese poder sobrenatural de Dios para llegar virgen al matrimonio, es el día de hoy que debes determinarte a serle fiel a Dios y a quién vaya a ser tu Isaac. Si fallaste antes es tiempo de pedir perdón, determinarse y guardarse para el Señor y para tu Isaac. A partir de hoy guárdate pues Dios tiene para ti un Isaac y buscará en ti esa pureza.

Descendió a la fuente

Rebeca era una mujer que descendía a la fuente, pero ¿Quién es la fuente? Jesús. ¿De dónde brotan las aguas? Del Espíritu Santo. Rebeca era una mujer que descendía y tenía una relación con Dios, tenía una relación con el Espíritu Santo diaria. Iba a la Presencia de Dios y ahí se refrescaba, era un continuo ir a la fuente. Una mujer de oración, de adoración genuina y de intimidad con Dios.

No iba a los antros, no iba a los bares, iba a la fuente y ahí en la fuente la escogieron, la cortejaron y fue ahí el encuentro donde ella pudo después casarse felizmente con su Isaac. Quizá digas: "Nadie me ve", sí, el Espíritu Santo está ahí cuando tú te consagras y Él es quien le busca esposa a los Isaac. Más adelante vamos a ver las características de los hombres "Isaac".

Llenó el cántaro

Cuando descendió a la fuente no tomó sólo un poco de agua, sino más bien, ella llenó su cántaro. Esto nos habla que cuando vamos a la Presencia de Dios no podemos ir, recibir solamente un poco y conformarnos. No podemos ir a nuestro devocional diario así rápido sin salir llenos de Dios, no podemos ir a la iglesia nomás por ir y no salir llenos de ese lugar. Cuando vayamos a la fuente, la cual es Dios, debemos ir decididos a salir llenos, ve a la fuente, vamos hija: Llena tu cántaro cada día.

La pregunta es la siguiente: ¿Cuánto tiempo pasas con la fuente? ¿Todos los días vas a la fuente? ¿Cuándo vas a la fuente verdaderamente sales llena o estás pensando en otra cosa, distraída y no recibes nada o recibes poco? Debes de ser una Rebeca, que desciende a la fuente a llenar su cántaro. ¡Llénate de Dios todos los días, llénate mujer!

Regresó a su casa

Esta mujer no se fue por ahí de loquita, ella se fue a su casa, era una muchacha de casa, de familia, no andaba por ahí de *tingolilingo*. No anda con uno y luego con otro, de fiesta en fiesta, de loquita, cierre y cierre el ojo a cualquiera. Rebeca se fue a su casa. Así era Rebeca.

Las mujeres que no les gusta estar en su casa no son confiables. No son mujeres que el Espíritu Santo buscaría para unirla en matrimonio con un Isaac. Isaac es el hijo de la promesa, es un heredero, es un hombre escogido por Dios para un propósito. Es un hombre bendecido. Velo tu misma, observa lo que la Biblia, inspirada por el Espíritu Santo, menciona de las mujeres que no pueden estar en casa.

> *Alborotadora y rencillosa,*
> *Sus pies no pueden estar en casa;*
> *Proverbios 7:11*

Sin embargo, vemos cómo el Espíritu Santo vio con agrado a Rebeca. Una mujer bella, virgen, que tenía una relación constante con Dios, trabajadora y que acostumbraba a volver siempre a su casa para estar ahí con su familia, en su hogar.

Trabajadora

Rebeca era servicial. Sirvió agua al criado de Abraham, el cual es tipo del Espíritu Santo, ella era muy trabajadora. También le dio a beber a los camellos, ¡eso era mucha agua!

Estas son las características que el Espíritu Santo observa para la mujer de un Isaac. Claro, todo hombre puede decir: "Wow, es la mujer ideal. Perfecta. Si quiero algo serio con una mujer quiero que sea una Rebeca. Si sólo quiero jugar pues con la que sea, pero si quiero algo serio, esa será Rebeca". Hija, si quiere solamente jugar no será un Isaac. Un Isaac aceptará una Rebeca.

Ahora vamos a ver algunas de las características de un Isaac.

Siete características de un Isaac:

1. Adorador.
2. Bendecido.

3. Consagrado.
4. Obediente a Dios y a autoridades.
5. Heredero.
6. Escogido.
7. De buen parecer.

Si tú como varón deseas una Rebeca debes de ser un Isaac. ¿Por qué Dios te daría una mujer como Rebeca si tú no tienes ni la más mínima cualidad de un Isaac? ¿Deseas una Rebeca? Debes ser un Isaac.

Isaac era un Adorador

Y se le apareció Jehová aquella noche, y le dijo: Yo soy el Dios de Abraham tu padre; no temas, porque yo estoy contigo, y te bendeciré, y multiplicaré tu descendencia por amor de Abraham mi siervo. Y edificó allí un altar, e invocó el nombre de Jehová, y plantó allí su tienda; y abrieron allí los siervos de Isaac un pozo.
Génesis 26:24-25

Isaac era un adorador. Isaac tenía altar en su vida. El altar es un lugar donde te encuentras con Dios. Un hombre debe tener una vida de altar. Un hombre debe tener un lugar y un tiempo donde se encuentre con Dios todos los días. Así es. La oración no es sólo para mujeres, aunque en la iglesia son las que más asisten a estas reuniones. La oración, la adoración y pasar tiempos con Dios es para los hombres. Un hombre bendecido es un hombre de oración. Un hombre adorador tendrá el cielo abierto sobre su vida y familia. Debes hoy determinarte como varón a ser un hombre con una vida de altar. Pasa tiempos con Dios y verás su bendición.

Isaac era bendecido

Isaac tenía la bendición de Dios. Era un hijo que vivió agradando a Dios, vivió haciendo lo correcto y esto trajo grandes bendiciones a su vida. Dentro de estas grandes bendiciones está la de una buena y bella esposa como lo fue Rebeca. Amigo, vive agradando a Dios y Dios te recompensará de la mejor manera. No te canses de hacer el bien. Los hombres buenos que honran a Dios y a sus padres son tremendamente bendecidos.

Consagrado

Muchos hombres no son consagrados, pero quieren ser bendecidos, esto es imposible. Ser consagrados es ser entregados y apartados para Dios. Si eres hombre te aconsejo: conságrate al Señor. Si eres mujer, te aconsejo: busca un hombre consagrado a Dios.

Varones, consagren sus ojos a Dios. Clausura el pecado delante de tus ojos. No abras tus ojos para ver pecado. No fijes tu mirada en aquello que deberías evitar. Consagra tus pasos, tus manos, tu mente y tu boca. Entrégale todo tu cuerpo y tu ser a Dios. Vive para Dios, no para ti mismo, no vivas para tus propios deseos, vive para agradar a Dios.

Un hombre consagrado es más atractivo para una mujer. Un hombre consagrado y espiritual es más atrayente para una mujer. Un hombre consagrado es más bendecido. Un hombre consagrado está más cerca de Dios. ¡Conságrate a Dios!

Obediente a Dios y a autoridades

Isaac fue obediente. Desde pequeño mostró obediencia a Dios y a su padre Abraham. ¿Por qué piensas que Dios bendecirá a un rebelde? ¿Por qué piensas que Dios te dará una buena y bella mujer siendo alguien renegado que no puede aceptar que le digan nada porque eres rebelde? Sé obediente a Dios y sé obediente a las autoridades que Dios te ha dado.

Cuando Dios probó a Abraham y le pidió que entregara a Isaac, Isaac era un jovencito y Abraham ya estaba muy entrado en años ¿Crees que Isaac no pudo haber salido corriendo sin que Abraham lo alcanzara? ¿Crees que Isaac no podía librarse de los nudos con los cuales su padre le ató al altar? Claro que sí, podía, pero Isaac mostró obediencia, sumisión y amor a Dios. Esta obediencia a Dios llevó a Isaac a ver la provisión de Dios en todas las áreas. Esta obediencia a Dios llevó a Isaac a su exaltación. Obedecer es mejor que los sacrificios. Obedecer es bien visto delante de Dios. La obediencia a Dios siempre tiene grandes recompensas en esta vida y en la venidera.

Y cuando llegaron al lugar que Dios le había dicho, edificó allí Abraham un altar, y compuso la leña, y ató a Isaac su hijo, y lo puso en el altar sobre la leña. Génesis 22:9

Heredero

Isaac era el hijo heredero de Abraham. Abraham era un hombre rico y fue Isaac quien recibió toda esa herencia. ¿Tú recibirás herencia? ¿Has honrado a tus padres de tal forma que puedas ser tú el heredero?

¿Tienes algo que ofrecerle a esa mujer bella que tanto te

gusta? ¿Tienes ya un capital o un ingreso de dinero? ¿Ya monetizas tus conocimientos? ¿Tienes trabajo?

Un Isaac tiene algo que ofrecerle a una mujer. Un Isaac tiene un trabajo para poder bendecir a una dama con la cual quisiera casarse.

Escogido

Isaac tenía un propósito sobre sus lomos. Fue escogido por Dios para un propósito. Amigo ¿Tú caminas en un propósito? ¿Sabes cuál es el propósito de tu vida? ¿Si no conoces tu propósito ni caminas en él, por qué crees que estás listo para entrar en una relación con una bella mujer? Si no sabes hacia dónde va tu vida ¿Cómo invitarás a alguien a unirse en tal aventura?

Yo desde siempre, siendo aún un pequeño niño sabía que sería pastor, cuando conocí a mi esposa Karen ella lo sabía, cuando le pedí que fuera mi esposa ella sabía que yo sería pastor, realmente yo la estaba invitando a ser parte de este propósito que Dios me había dado desde niño. Al invitarla a ser mi esposa la estaba invitando a vivir con un pastor y tener una familia que se dedicaría al servicio de Dios y de las cosas santas. Pero si tú no sabes cuál es tu propósito ¿Cómo podrías invitar a esa bella mujer que tanto te gusta a seguirte? No puedes pedirle a una dama que se una a tu vida para siempre cuando no sabes ni tú mismo hacia donde te diriges. Ella tiene que saber qué camino recorrerás para poder tomar la decisión de ir por ese camino junto a ti o no. Debes conocer tu propósito y caminar en ello todos los días de tu vida.

De buen parecer

Rebeca también alzó sus ojos, y vio a Isaac, y descendió del camello; porque había preguntado al criado: ¿Quién es este varón que viene por el campo hacia nosotros? Y el criado había respondido: Este es mi señor. Ella entonces tomó el velo, y se cubrió.
Génesis 24:64-65

Fue a lo lejos que Rebeca visualizó a Isaac y el aspecto de este varón llamó su atención. Hemos visto en la historia muchas veces como hombres feos tienen mujeres hermosas. Sin embargo, tu debes saber que un Isaac debe llamar la atención de su Rebeca. La silueta de Isaac a lo lejos llamó la atención de Rebeca. Rebeca será una mujer bella, hermosa y agradable a tus ojos, es por ello que tu debes estar a la altura. ¿Por qué una mujer bella y llena de pretendientes se fijaría en ti? ¿Por qué una mujer hermosa, acostumbrada a que los hombres se les acerquen y la cortejen, se fijaría en ti? No puedes descuidarte en tu parecer. Debes ser espiritual y consagrado, pero también de buen parecer.

Hijos varones. Si quiere ser un Isaac al cual Dios le dé una Rebeca, debes vestirte bien, oler a perfume, andar peinado y tus dientes deben estar siempre limpios. Tu aliento debe ser agradable y tus zapatos deben estar en el mejor estado posible. Báñate a diario y realiza ejercicio. Sé un digno Isaac para una Rebeca. Que cuando te vea Rebeca se baje del caballo, que cuando te vea se quede paralizada de tu hombría y diga: "¿Quién es ese varón?".

No seas coqueto con todas, no quieras gustarles a todas. Debes cuidar tener un buen parecer para una sola mujer, la que Dios tenga para ti. Para tu Rebeca, la cual el Espíritu Santo tiene reservada para ti. No sabes cuándo será ese encuentro, pero en el tiempo correcto vendrá y debes estar preparado para ese día.

Capítulo 12
Prepárate para la persona correcta

Me he hecho a los judíos como judío, para ganar a los judíos...
1 Corintios 9:20

En este capítulo quiero animarte a estar al nivel de la persona con la cual quisieras iniciar una relación. El Apóstol Pablo dice que se hizo a los judíos para ganar a los judíos. Si tú quieres un hombre guapo de buen parecer debes transformarte y hacer de ti una mujer de buen parecer, bella y hermosa. Si tu como hombre deseas una mujer agradable e inteligente debes estar a la altura, no puedes ser un amargado y un ignorante, debes comenzar a desarrollar un carácter amable y agradable a la vez que aumentas tu inteligencia y sabiduría con la lectura y el aprendizaje. ¿Por qué una mujer inteligente se fijaría en alguien falto de sabiduría? En la primera cita sería descubierta la ausencia de conocimiento y sabiduría en tus pláticas. Si deseas una mujer inteligente tu debes serlo también. Pablo dijo: Me he hecho a los judíos como judío, para ganar a los judíos. Tú debes hacerte inteligente para ganarte una mujer inteligente.

Si deseas un siervo de Dios como esposo ¿Por qué crees que él se fijaría en una mujer que no lee la Biblia, no ora ni ama a Dios? Debes convertirte en una mujer verdadera de Dios para ganarte un hombre de Dios como esposo. Debes estar a la altura de aquella persona correcta para ti.

Quizá Dios tiene para ti un gran médico, debes estar a la altura y entender su profesión, que seguramente saldrá de noche para operar una urgencia y no podrás estar celosa ni molesta por ello. Debes prepararte para la persona correcta.

Una joven fuera de sí

Una joven estaba llena de fe por tener un novio guapo, rico y espiritual. Cuando todo joven guapo que llegaba a la iglesia ella comenzaba a decir que le gustaba. Siempre era el mejor partido, el joven más guapo o grandote que llegara, a ella le gustaba. Sin embargo, su actitud infantil y falta de habilidad para conquistar un hombre guapo hacía que ellos se alejaran de ella. No puedes esperar que el mejor partido que llegue a tu iglesia, comunidad y/o grupo de amigos se fije en ti si cuando te acercas eres infantil, tu cabello esta desarreglado y hueles a sudor. Al final ella nunca cambió y con el paso de los años, se casó con un joven muy similar a ella en sus características.

No puedes aspirar a casarte con alguien que tenga la belleza de un(a) artista de Hollywood cuando aún ni tu aliento es agradable. No puedes aspirar a casarte con un hombre de Dios cuando te da sueño escuchar una predicación de 30 minutos y es mucho tiempo para ti orar 15 minutos al día.

Recuerda: Antes de encontrar a la persona correcta, tú debes ser la persona correcta para alguien más.

No podemos exigir belleza, inteligencia, llamado, unción y mucho más cuando nosotros no lo estamos ofreciendo.

Capítulo 13
8 consejos extras para el noviazgo

1.- Salgan sólo una vez a la semana.

Este es un buen consejo para el noviazgo. Deben estipular salir una sola vez a la semana a pasear solos y por supuesto que debe ser en lugares públicos.

Cuando los novios salen todos los días y se ven diariamente pueden llegar a cansarse y/o aburrirse, sin importar que tan enamorados lleguen a estar en un inicio.

Otra razón importante por la cual deben verse una sola vez a la semana es porque al verse muchos días continuamente hará que la confianza se incremente y los limites se rompan. Por ejemplo, si se ven todos los días, será más fácil que en poco tiempo el novio rompa la barrera de agarrarle la pierna a la novia (lo cual no es correcto en el noviazgo) y después se romperá la barrera de los abrazos más apretados y luego de los besos apasionados. Lo cual puede acrecentar sus pasiones y llevarlos a la fornicación.

Es mejor mantener ciertos límites en el noviazgo y de esta forma cuidarse el uno al otro. Si te ama realmente te cuidará, no te provocará a lascivias.

Recuerden que tu novia no es tu esposa y tu novio no es tu esposo. No es responsabilidad verse a diario.

Otra razón interesante por la cual debes verte sólo una vez a la semana con tu pareja antes de casarte es porque muchas personas pierden amistades al comenzar una relación de noviazgo porque ya no tienen tiempo de salir con nadie más, pues todos los días están con su pareja. Esto es triste cuando después de dos años los novios terminan con la relación de noviazgo y posteriormente quieren cada cual regresar a su grupo de amigos al que abandonaron por dos años, ya no será lo mismo, quizá esos amigos ya no estén ahí. Quizá esa amistad ya terminó por la lejanía. Es bueno que sigas manteniendo tus amistades y no las descuides. Recuerda una vez más, tu novio no es tu esposo y tu novia no es tu esposa para que se exijan tiempo diario.

2.- No se vayan a lo oscurito.

Un noviazgo no es para pasar tiempo en lo oscurito. Es en la oscuridad donde vive el pecado. Es en la oscuridad donde se hacen todo tipo de acciones pecaminosas y malvadas. En cuanto a ti, ocúpate de siempre estar en lo público y haz en privado sólo lo que pudieras hacer con tu pareja delante de tus padres.

3.- El carro en el noviazgo es sólo para transportarse y nada más.

Un automóvil dentro del noviazgo es sólo para transportarse, al subir al auto deben iniciar su ruta a seguir y al llegar al lugar de destino deben bajarse inmediatamente.

El auto en el noviazgo no es para comer, cenar, platicar, besarse ni abrazarse. Es sólo y únicamente para transportarse.

Oro que los ángeles te pateen el carro cuando no te bajes de inmediato con tu novia(o) por estar besándose.
Oro que salga la vecina metiche de la casa de enfrente cuando no se bajen rápido del carro.
Que la policía les toque la puerta cuando pasen tiempo en el automóvil solos.

Que Dios te libre de fallarle. Guárdate santo, guárdate puro. Guárdate para Dios. Para Dios la santidad es muy importante. Para Dios la pureza sexual es muy importante.

4.- No se dejen agarrar las piernas, las pompis ni ninguna parte íntima.

...tiempo de abrazar, y tiempo de abstenerse de abrazar;
Eclesiastés 3:5

El noviazgo no es el tiempo para agarrarse las piernas ni ninguna parte íntima. No es el tiempo para besos apasionados ni abrazos apretados. En el matrimonio todo eso será legal, pero mientras sean novios absténganse de todos estos toques.

La Biblia nos enseña que hay tiempo para todo en esta vida, tiempo para abrazar y tiempo para abstenerse de abrazar.

5.- Conozcan la familia de su pareja.

Conocer la familia de la pareja es muy importante. Así podrás ver de cerca los principios familiares que tiene esa persona que tanto amas. Podrás ver como trata el papá a la mamá y la mamá al papá. Podrás ver sus modales. Podrás conocer si eres de su agrado o no. Todas esas acciones son principios que tu pareja trae arraigados por el ejemplo familiar por muchos años.

6.- No hagan declaraciones exageradas.

Las declaraciones exageradas del tipo: "No puedo vivir sin ti", "Sin ti me muero", etc., no se deben hacer en el noviazgo. Nuestras palabras tienen gran poder. Si tú sueltas esas declaraciones estarás ligando tu alma a cosas terribles por hablar ligeramente.

7. Compartan música y libros cristianos.

El noviazgo es un buen momento para edificarse unos a otros en la fe de la forma más sana. Compartan música cristiana para orar, para adorar, para traer en el auto y para hacer ejercicio.

Si has leído un nuevo libro que te fue de mucha bendición compártelo con tu pareja. Lean el mismo libro en sus casas y compartan lo que aprendieron de cada capítulo cuando se vean.

Compartan predicaciones que escucharon en el internet. Mándale el link y dile: "Mira, cómo me gusta esta enseñanza, espero te sea de bendición también a ti".

8.- Compartan enseñanzas de sus tiempos devocionales con Dios.

Cada uno debe tener tiempos a solas con Dios. El tiempo devocional es vital para todo creyente. Cuando salgan por un café o hablen por teléfono compartan lo que Dios les enseñó ese día en su tiempo devocional. Eso es algo muy lindo y de mucha bendición. Edifíquense mutuamente en santidad.

Made in the USA
Columbia, SC
19 November 2024